细解

旺家装修 1688 例

玄关·餐厅

张立鹏 主编

机械工业出版社
CHINA MACHINE PRESS

以住宅装修来"旺"家是时下许多业主的共同选择,然而多数业主却不明白何为"旺"家。本书从科学的角度来诠释在装修过程中业主该如何实现家居环境的健康化、舒适化,以此来营造一个科学合理的家居环境。本书提供了大量精美的玄关与餐厅装修案例供读者参考借鉴,并辅以丰富的健康家居装修知识,让读者得到直观的参考资料,进而实现真正意义上的"旺"家居。

为本书提供图片的设计师和设计公司有:

阿彬　艾木　爱尔福特　格澜堡　邓艳铭　沉砚　陈宏　陈建华　陈温斌　陈水平　陈文秋　丁菲菲　杜国良　樊秋苑　冯易进　高亮　胡蓉　黄步延　黄新华　黄治奇　霍世亮　家饰坊　蒋宏华　蒋健成　瞿志良　老鬼　李东泽　李锋　李海明　梁苏杭　林森　刘铭　龙泊　毛毳　美颂雅庭　欧神诺陶瓷　潘杰　秦海峰　轻松元素　宋建文　苏凯　孙琦　孙孝雨　孙永胜　王飞　王刚　王五平　王晓城　巫小伟　项帅　谢青　熊丹　许清平　许思远　杨克鹏　杨晓金波　叶静　叶欣　由伟壮　赵丹　张建　张沁　张寿振　张晓阳　张有东　张禹　章进　周钟林　朱超　朱国庆　朱磊　子枫

图书在版编目(CIP)数据

细解旺家装修1688例系列.玄关·餐厅 / 张立鹏主编.—北京:机械工业出版社,2011.5
ISBN 978-7-111-34211-3

Ⅰ.①细… Ⅱ.①张… Ⅲ.①门厅—室内装修—建筑设计—图集②餐厅—室内装修—建筑设计—图集 Ⅳ.①TU767-64

中国版本图书馆CIP数据核字(2011)第071077号

机械工业出版社(北京市百万庄大街22号 邮政编码100037)
责任编辑:张大勇
责任印制:乔　宇
北京汇林印务有限公司印刷
2011年6月第1版第1次印刷
210mm×285mm·4.25印张 106千字
标准书号:ISBN 978-7-111-34211-3
定价:24.00元

前 言 *Foreword*

　　以住宅装修来"旺"家是时下许多业主的共同选择，然而多数业主却不明白何为"旺"家。本书从科学的角度来诠释在装修过程中业主该如何实现家居环境的健康化、舒适化，以此来营造一个科学合理的家居环境。

　　本书选取有针对性的10个家居空间进行全面的介绍和案例展示，并按各自的特点分为《客厅》、《玄关·餐厅》、《卧室·书房》、《厨房·卫浴》和《过道·隔断·阳台》五册，每册涵盖以下四个部分：

　　"以人为本"的设计："以人为本"的设计简单来说就是体现人性化的使用。未来的住宅应是在有限的空间考虑个人的精神与情感因素多一些，装修是为人服务的，不是为装修而装修。"以人为本"的家居设计主要通过风格、颜色、材料等方面的手段来表现。

　　家具巧布置，提升空间人气：一般说来，家具约占居室面积的40%~50%，因此居室布置的美观与否，很大程度上受家具摆放的影响。家具摆放得好，可以体现出一种长短相接、大小相配、高低错落有致的韵律，使人感受到一种流动的美，对提升家居人气也有促进作用。

　　从细节入手打造开运空间："细节决定成败"同样适用于家居装修。像灯光、饰品、生活宜忌等细节往往容易被人忽视，但它们却是打造完美开运家居的关键，直接影响到我们日后生活的方便性和舒适性。

　　轻松打造健康家居：在人们越来越追求生活质量和生活品质的今天，健康家居成为人们关注的焦点，家居要绿色，要环保，要节能已经成为时代发展的趋势。想要打造健康家居，不妨一起把植物搬进家，选购环保材料，生活上处处节能吧。

　　本书提供了大量精美的家居装修实例供读者参考借鉴，并辅以通俗易懂的装饰常识和家居宜忌，让读者得到直观的参考资料，进而实现真正意义上的"旺"家居。参与本书编写的有：邓毅丰、黄肖、程波、桑文锦、赵延辉、刘栋梁、贾春琴、张宁、杨淳、刘文杰、江乐兴、廖文江、潘桂霞、王敏、陈艳。

目录

Contents

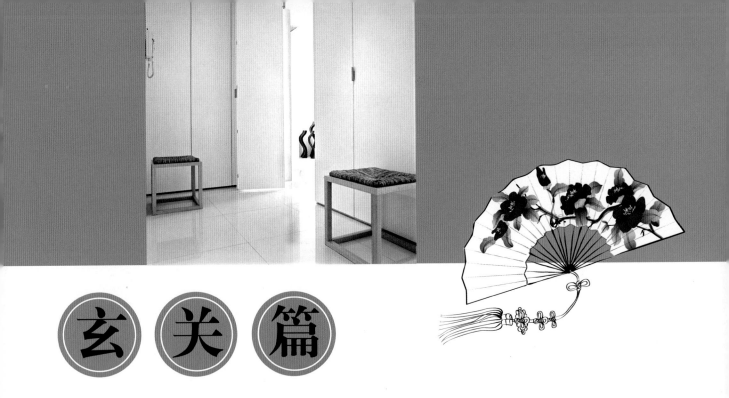

玄关篇

‖"以人为本"的玄关设计‖

　　站在家门口，双手又是背包又是雨伞却找不到方便的地方安放；一边努力地找钥匙开门，一边又要拖拽着宠物防止跑掉；需要瞬间释放的双手，总是被各种各样的物品占满；进门时鞋子满地却总是找不到最想穿的那双拖鞋……这些在玄关处遇到的尴尬相信你也会经常碰到。

　　玄关，毫无疑问是最需要人性化处理的地方。

　　玄关的空间大多有限，如何在小空间里进行设计确实有一定的难度。一般来讲，玄关的设计最注重的是实用，以简洁、明快为宜。玄关体现了主人的品位、喜好、性格，因此，在玄关的造型、材料、色彩、质感上，都要精心设计、巧妙安排，使设计、内涵、环保达到和谐统一，尽力创造一个健康舒适的"第一印象"。

Tips

玄关墙面宜选中性色

　　玄关的墙面最好选择中性偏暖的色调，能给人一种柔和、舒适之感，让人很快忘掉外界环境的纷乱，体味到家的温馨。

Tips

玄关地面不宜光滑

　　有些人家为了美化玄关，往往会把玄关的地板打磨得十分光滑，这极易弄巧成拙。从家居安全角度来说并不理想，因为家人或宾客均容易滑倒受伤。

精 彩 点 评

　　右上图：古色古香的边几上摆放一个效果别致的饰品，再搭配上中式韵味的挂画，简单几笔营造出浓浓的传统风情，同时精致的饰品还可以彰显丰富的内涵。

　　左上图：高低组合柜作为玄关柜很好地解决了物品收纳的问题，充分利用了玄关空间。一束鲜艳的装饰花在个性吊灯的映衬下，让人一进门就能感受到赏心悦目的生活氛围。

Tips

避免瓷砖的视觉疲劳

　　墙面瓷砖的选择应考虑室内光线的照射度，太亮的空间应采用亚光且色彩淡雅的瓷砖，避免造成光污染，形成视觉疲劳。地面瓷砖的选择在考虑色彩与光泽以外，还应重视使用的舒适性，应选择防滑的瓷砖，以免滑倒摔伤，造成身体伤害。

玄关吊顶忌深色

　　玄关吊顶上的颜色不宜太深，如果吊顶的颜色比地板深，便形成上重下轻，天翻地覆的格局，给人不舒服的视觉感受。而吊顶的颜色较地板的颜色浅，上轻下重，这才是正常之现象。

家具巧布置　提升玄关人气

　　无论什么样的房子，玄关作为进门后的第一个停顿，既要与室内形成良好衔接，玄关本身也要浑然一体，同时还要根据自家实际情况量力而行。而选择一个恰到好处的玄关家具，能对整个客厅的装修起到画龙点睛的作用。

　　条案、低柜、边桌、明式椅、博古架，玄关处不同的家具摆放，可以承担不同的功能，或集纳，或展示，或隔断。但鉴于玄关空间的有限性，在玄关处摆放的家具应以不影响主人的出入为原则。

　　如果居室不是很宽敞，可以利用鞋柜或者专用的玄关桌等家具扩大储物空间，像手提包、钥匙、纸巾、帽子、便笺等物品就可以随手放在上面，以便进出时解放双手、整理仪容。

玄关的鞋柜宜有门

　　玄关的鞋柜宜有门,倘若鞋子乱七八糟地堆放而又无门遮掩,便十分有碍观瞻。有些在玄关布置巧妙的鞋柜很典雅自然,因为有门遮掩,所以从外边看,一点也看不出它是鞋柜,同时鞋柜必须设法减少异味,否则异味若向四周扩散,就更无舒适可言。

Tips

玄关家具摆放有讲究

在玄关处摆放的家具要以不影响主人的出入为原则。如果居室面积偏小，可以利用低柜、鞋柜等家具扩大储物空间。还可通过改装家具来达到一举两得的效果，如把落地式家具改成悬挂的陈列架，或把低柜做成敞开式挂衣柜，增加实用性的同时又节省了空间。

Tips

玄关的鞋柜宜侧不宜中

鞋柜虽然小而实用，却也属于污秽之源，外形再好，也难登大雅之堂，因此不宜摆放在正中，最好摆放在两侧，离开中心焦点位置。

从细节入手打造开运玄关

想要打造开运玄关，在细节上要注意以下四点：

灯光。玄关区一般都不会紧挨窗户，要想利用自然光的介入来提高区间的光感是不可奢求的。因此，必须通过合理的灯光设计来烘托玄关明朗、温暖的氛围。

墙面。依墙而设的玄关，其墙面色调是视线最先接触点，也是给人的总体色彩印象。玄关的墙面最好以中性偏暖的色系为宜，能让人很快从令人疲惫的外界环境体味到家的温馨，感觉到家的包容。

地面。玄关地面是家里使用频率最高的地方。因此，玄关地面的材料要具备耐磨、易清洗的特点，一般用于地面的铺设材料有玻璃、木地板、石材或地砖等。

装饰。设计玄关不仅要考虑功能性，装饰性也不能忽视。一盆小小的雏菊，一幅家人的合影，一张充满异域风情的挂毯，就能为玄关烘托出非同一般的气氛。

精 彩 点 评

右上图：利用玄关设置一组展示柜，摆放一些自己喜爱的饰品，一来可以丰富家居的玄关表情，二来也能够很好地表现出居住者的兴趣爱好。

右下图：在玄关处悬挂一组清新的写实画，再利用射灯进行渲染，靓丽而轻松的玄关背景一下子就提升了空间的整体效果，同时也让人们进门后的第一感觉更为舒服。

Tips

玄关的墙面忌堆砌重复

　　玄关的墙面往往与人的视线距离很近，通常只作为背景烘托。可选出一块主墙面重点加以刻画，或以水彩，或用古典壁饰，或刷浅色乳胶漆等来强调玄关的背景，使空间语言丰富。玄关墙面的刻画重在点缀、达意，切忌堆砌重复，且色彩不宜过多。

Tips

软装打造精简玄关

　　玄关的空间大多有限，因此在选择玄关方案时一定要结合自己的生活习惯，摒弃不必要的部分，精简而适合才是成功的设计。要想营造出健康、舒适的玄关空间，不妨放弃过多的硬装，用软装去打造玄关空间。软装饰品的选择较多，价格也比硬装要低很多，并且能随着自己的心情更换。

Tips

开门见绿心情好

　　开门见绿，是指一进大门即能见到红花绿叶。科学已经证明，绿色的视野最大，也能令整个空间顿时充满生气，所以它能给人一种生机盎然的感觉，有瞬间舒缓情绪，解除压力的功效。

轻松打造健康玄关

　　由于玄关是家庭访客进入室内后产生第一印象的区域，因此摆放室内植物可起到重要的作用。玄关摆放植物，绿化室内环境，同时可以增加生气。这里绿化装饰选配的植物应以叶形纤细、枝茎柔软为宜；而有刺的植物如仙人掌、玫瑰、杜鹃等切勿放在玄关。玄关植物必须保持常青，若有枯黄，就要尽快更换。

　　若是玄关比较大，可在此配置一些观叶植物，叶部要向高处发展，使之不阻碍视线和出入。摆放植物，会给人以一种明朗的感觉，如利用壁面和门背后的柜面，放置数盆观叶植物，或利用天花板悬吊抽叶藤（黄金葛）、吊兰、羊齿类植物、鸭跖草等，都是较好的构思。

　　另外，玄关与客厅之间可以考虑摆设同种类的植物，以便于连接这两个空间。

小玄关的花草布置

　　如果玄关空间较狭小，可在周围布置盆栽，或在上方吊挂观叶植物，或沿墙面布置盆栽、盆景，以保证行动方便，又不影响视线。空间较小的玄关部位的绿化装饰大多选择体态规整或攀附为柱状的植物，如巴西铁、一叶兰、黄金葛等；也常选用吊兰、蕨类植物等，采用吊挂的形式，这样既可节省空间，又能活泼空间气氛。

精　彩　点　评

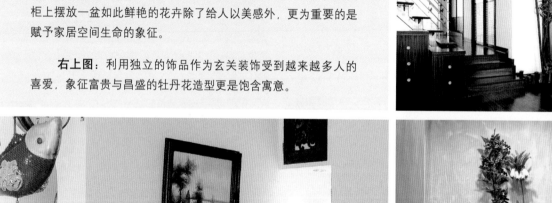

　　左上图：生机勃勃的绿植花卉象征着生命的活力，在玄关柜上摆放一盆如此鲜艳的花卉除了给人以美感外，更为重要的是赋予家居空间生命的象征。

　　右上图：利用独立的饰品作为玄关装饰受到越来越多人的喜爱，象征富贵与昌盛的牡丹花造型更是饱含寓意。

餐厅篇

‖ "以人为本" 的餐厅设计 ‖

俗话说，家和万事兴。良好的餐厅布局可凝聚家庭成员的向心力。进餐在中国文化中是很重要的家庭行为，全家人每天至少要共进一餐，感情才会融洽。因此，置身于一个舒适、人性化的环境中进食，于人身心都是十分享受的事情，对于家庭的和谐也非常重要。

但是现代都市中，大多数人的居室空间并不太宽绰，在有限的空间中开辟一间独立的餐厅，使它适合家人的需要、功能完善、方便美观，又有特别的个性味道，是每个家庭共同的心愿。一个拥有亲切、愉悦、温馨感的家庭餐厅有赖于环境与人的共同创造。

餐厅的设计除了要同居室整体设计相协调这一基本原则外，还应特别考虑餐厅的实用功能和美化效果。一般餐厅在陈设和设备上是具有共性的，那就是简单、便捷、卫生、舒适。

与厨房相邻的餐厅最方便

　　根据其功能的特点，餐厅的位置最好与厨房相邻。习惯中餐的家庭，餐厅不宜设在厨房之中，油烟、热气以及其他气味会影响用餐者的情绪。尤其有小孩子的家庭，小孩用餐时注意力不容易集中，不但影响小孩消化吸收也耽误大人的精力和时间。

餐厅格局要方正

　　合理的餐厅格局体现家人的形象，也体现家人的品位。餐厅和其他房间一样，格局要方正，使人能在身心放松的情况下愉快的就餐。如果有尖角，则看起来不舒服，影响就餐心情，甚至连胃口也会受到影响。

精 彩 点 评

　　左上图：如此大面积的镜面玻璃既是餐厅的背景墙，同时也是整个客厅的背景，在扩大空间感的同时，平添了几许时尚靓丽的效果，增强了人们用餐时的愉悦心情。

　　下中图：烤漆玻璃与镜面组成的立面背景，在璀璨的灯光渲染下，带来非常华丽的视觉效果。以深色调打造的餐厅，搭配精致的布艺营造出稳重而富贵的家居环境。

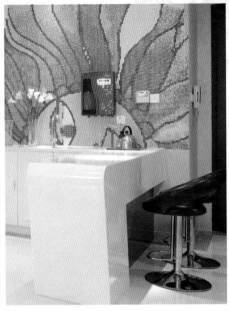

餐厅色彩宜用暖色

　　餐厅的色彩搭配一般都是随着客厅的,这主要是从空间感的角度来考虑的,因为目前国内多数的住房设计中,餐厅和客厅都是相通的。对于独立的餐厅,色彩的使用上,宜采用暖色系,因为从色彩心理学上来讲,暖色有利于促进食欲,这也就是为什么很多餐厅采用黄、红系列的原因。

Tips

餐厅不宜用蓝色

　　蓝色常常成为现代装饰设计中热带风情的体现，但不宜用在餐厅，因为冷色总是不如暖色环境看着有食欲；同时不要在餐厅内装蓝色的情调灯，科学实验证明，蓝色灯光会让食物看起来不诱人，产生影响食欲的表现，因此餐厅设计忌用蓝色作为主色调。

餐厅与厨房合并

餐厅与厨房合并的空间形式越来越常见。这种情况就餐时上菜快速简便，能充分利用空间，较为实用。只是需要注意，不能使厨房的烹饪活动受到干扰，也不能破坏进餐的气氛。所以要尽量使厨房和餐厅有自然的隔断或使餐桌布置远离厨具，餐桌上方的照明灯具应该突出一种隐性的分隔。

精 彩 点 评

上图：现代风格的家居中，在厨房的一端设置一个餐吧，既可以增添家居的功能性，又能很好地起到分隔功能区域的作用，实现合理的空间格局。

右中图：传统中式风格的家居中，餐厅选用了深色调的厚重实木餐桌椅，以体现出生活的稳重，华丽的大理石台面则赋予空间更为富贵的象征。

餐桌宜用中性色

　　从颜色上说，餐桌的颜色一般宜选用中性色，尤以天然木色、咖啡色、黑色等稳重的色彩为佳，尽量避免使用过于鲜艳、刺激的颜色。

Tips

家居需要情趣和变化

　　虽然说一套住宅应该统一在一种装饰风格下，但每个房间都有不同的功用，居住者也不一样。所以切忌在所有的房间中都采用一种装饰风格，使用同样的装饰材料。这样做只能使房间显得缺少情趣和变化。因此，不妨通过餐厅打造不同的家居风格，可能就是一套特别的餐桌椅这么简单。

餐厅风格切勿盲目跟风

　　装修风格雷同是目前存在的现状。很多人装修时盲目跟风，根本不知道哪种风格更适合自己。因此在装修前一定要和设计师多沟通。另外，当设计师提出更有针对性的设计方案后，在施工过程中，要建议设计师到现场确认进度和施工效果，这样才能装修出真正适合业主个性的餐厅。

Tips

大理石也有辐射

　　大理石是安全无辐射的吗？这种说法只说对了一半，是不完全正确的。大理石也有辐射，但大理石的辐射水平要比花岗岩的低，所以说在市场所见的大理石应该来讲99%以上都是符合国家标准要求的，可以放心使用。

装修切忌攀比

有些居室虽然装修很气派，使用的材料、家具很高档，但居住起来仍然感觉不到家居的温馨舒适，反而有一种压迫感和局促感。装修中切不可存在攀比和虚荣心态，把自己的餐厅装修得像酒店一样豪华，结果找不到家居独有的温馨气息，并不是使用的材料越高档装修出来的家居就越舒适。

精　彩　点　评

下中图: 餐厅与厨房相邻,由于生活习惯的原因布置成开放式的,餐厅居于客厅与厨房之间,一来方便食物的取用,二来也可以形成一个缓冲带,让厨房的操作不会影响到客厅的交谈。

上图: 将餐厅设置在家居中的"天井"处,让建筑的原有结构形成天然的区域划分,同时通透结构带来的宽敞立体空间也让生活变得更为"自由"。

Tips

环保标志是涂料的"通行证"

　　目前，环保标志成为涂料市场上最有力的"通行证"。但有关部门曾到市场上检查，发现很多环保标志都是仿制或自制的。"假环保"涂料的盛行，给消费者辨别带来较大难度。在这种环境下，一个简单的方法就是选用水性涂料。

装修不必一次到位

　　一般来说，家居设计理念和流行趋势隔几年就会有所变化，一次性完成装修会造成很大的浪费。尤其是当二人世界变成三口之家，许多年轻人会发现以前的装修并不实用，因此，新房装修一定要"留白"，为适应未来变化留有足够的空间。

家具巧布置 提升餐厅人气

　　餐厅是人们就餐的场所，餐厅家具从款式色彩质地等方面要特别精心地选择。因为，餐厅家具的舒适与否对食欲有很大的影响。

　　餐厅家具一般由餐桌、餐椅、酒柜组成。布置上要把握风格统一、配套的原则。餐厅家具选配原则上应根据装修的风格、颜色、房间的大小及装修的档次来选择，尽量与整体环境的格调一致，切忌东拼西凑。布置上要把握风格统一、配套的原则。

　　餐厅家具最好的选购方法是在装修前先确定餐厅家具的风格、款式、颜色，然后根据餐厅家具来确定装修方案。

 *Tips*

餐桌与餐厅的比例要适合

　　有些人喜欢豪华气派，专门选购特大餐桌，这本无可厚非，但必须注意餐桌与餐厅的大小比例。如果餐厅面积并不宽敞，却摆放大型餐桌，造成厅小台大，非但出入不便，而且会破坏餐厅的氛围。为避免这种情况出现，最好的办法就是更换面积较小的餐桌，让餐厅与餐桌的大小比例适中。

精 彩 点 评

左上图：规整的餐桌椅与嵌入式的储物柜构成了餐厅的家具主体，流畅的几何面带来轻松的效果，而木质材料则表现出非常温馨的感觉。

左下图：餐厅的布置在简约之中透出精致的效果，造型上的极度简约化，让用餐空间显得宽松、随意，也符合现代人的用餐习惯。

Tips

圆形餐桌与方形餐桌

中国的传统宇宙观是"天圆地方"，因此日常用具大多以圆形及方形为主，传统的餐桌便是典型的例子。传统的圆形餐桌形如满月，象征一家老少团圆，亲密无间，能够很好地烘托进食的气氛。至于方形的餐桌，小的仅可坐四人，称为四仙桌；大的可坐八人，又称八仙桌，它方正平稳，虽然四边有角，但因不是尖角而不会伤人，因此被人乐于采用。

Tips

圆形餐桌更舒适随意

　　圆形的餐桌和圆形的咖啡桌比方形或是长方形的更加舒适、更加随意，能给人轻松感。如果要选择矩形餐桌的话，太长的会不太好。八角形的餐桌是非常吉祥的形状。尽量避免用玻璃的餐桌，特别是没有框架的。

Tips

餐桌椅要"四平八稳"

　　餐桌椅一定要讲究"四平八稳",年轻人喜欢标新立异,创意家具大受欢迎,甚至用摇椅作为餐椅。其实,摇晃不定的状态并不利于用餐。不但会给人眩晕感,还会影响消化系统。餐桌也如是,凹凸不平的餐桌虽然个性,但摆设性更大于功能性。

Tips

餐厅家具与空间的关系

　　餐厅内部家具主要是餐桌、椅和餐厅柜等，它们的摆放与布置必须为人们在室内的活动留出合理的空间。这方面的设计要依据居室的平面特点，结合餐厅家具的形状合理进行。狭长的餐厅可以靠墙或靠窗放一张长桌，将一条长凳依靠窗边摆放，桌子另一侧则摆上椅子。

Tips

亲切环保的木质餐桌

　　一般来说，餐厅中的餐桌还是依旧选择木质的材料为好。木质餐桌既有亲和性，又环保，它来自于山林，带有自然的气息，给人亲切之感。相比起金属餐桌、玻璃餐桌，木质餐桌具有温和的特性，少了那种冰冷的感觉。餐桌本来就是一家人团聚一起，吃饭、喝茶、聊天的地方，因此具有温暖气息的木质更能让人亲近。

精 彩 点 评

　　右上图：纯木质打造的餐厅表现出浓浓的田园风情，这样的用餐空间不仅让人感觉温馨舒适，而且能够营造出极为轻松的就餐环境。

　　左上图：圆形的吊顶虽然有些夸张，但与圆形的餐桌形成了很好的呼应效果，通过圆形的设计来寓意家庭的团结、和睦。

Tips

家具尺寸要利于人体健康

　　健康家具一定要合乎标准才能有利于人体的健康。对于桌椅类的高度，国家已有标准规定。其中，桌类家具高度尺寸标准可以有700mm、720mm、740mm、760mm四个规格；椅凳类家具的座面高度可以有400mm、420mm、440mm三个规格。另外还规定了桌椅配套使用标准尺寸，桌椅高度差应控制在280～320mm范围内。

从细节入手打造开运餐厅

　　餐厅不仅是享食空间，更是一家人团聚一起交流情感的温情场所。所以一款好的餐厅设计，要重视细节，营造一种温馨柔和的氛围，让身处其中的人感到身心放松。

　　说到餐厅的细节，以下几点是万万不可忽略的：顶面——应以素雅、洁净材料做装饰，如涂料、壁纸等，并用灯具作衬托，有时可适当降低吊顶，可给人以亲切感。墙面——可选择一些木饰、玻璃、镜子做局部护墙处理，而且能营造出一种清新、优雅的氛围，以增加就餐者的食欲，给人以宽敞感。地面——选用表面光洁、易清洁的材料，如大理石、地砖、地板，局部用玻璃而且下面有光源，便于制造浪漫气氛。照明——灯具造型不要烦琐，但要有足够亮度。可以安装方便实用的上下拉动式灯具；把灯具位置降低；也可以用发光孔，通过柔和光线，既限定空间，又可获得亲切的光感。装饰——字画、壁挂、特殊装饰物品等，可根据餐厅的具体情况灵活安排，用以点缀环境，但要注意不可过多而喧宾夺主，让餐厅显得杂乱无章。

Tips

餐桌位置有讲究

从位置上来说，餐桌的摆放位置应该方便人们的走动与使用，需要注意以下几点：不宜正对大门，若实在无法避免，可考虑利用玄关或屏风遮挡，以免入户者直接面对餐桌，不雅观；餐桌不宜正对厕所门，以免影响人进食的心情。

精彩点评

　　左下图：只要在色彩与造型上加以选择，现代工艺的家具一样可以营造出稳重的效果，深色调的木质餐桌椅在整体为浅色调的家居之中起到对比平衡的作用。

　　左上图：在楼梯与过道之间的部位设置餐厅，从而合理地利用了家居空间。顶面几何造型与规整的餐桌椅象征着家庭生活的秩序井然。

Tips

餐厅灯光要柔和

餐桌上的照明以吊灯为佳。餐厅的灯光一定要较为柔和，才能增加用餐的温馨气氛，强化家庭成员之间的感情交流。餐厅使用可调节灯光亮度的灯具，吃饭时使用低亮度灯光会感觉浪漫而舒适，然而在其他时间，可使用明亮的光线。留意安装的位置，不可直接照射在用餐者的头部，不然既不雅，也会影响用餐情绪。

慎选餐厅装饰

　　餐厅中的软装饰，如桌布、餐巾及窗帘等，应尽量选用较薄的化纤类材料，因厚实的棉纺类织物，极易吸附食物气味且不易散去，不利于餐厅环境卫生；花卉能起到调节心理、美化环境的作用，但切忌颜色过多过杂，使人烦躁而影响食欲。

Tips

灯光是营造气氛的高手

灯光是营造气氛最有效的方法。餐厅宜采用低色温的灯光，漫射光，不刺眼，带有自然光感，这样才比较亲切、柔和。禁忌使用日光灯，其色温高，光照之下，偏色，人的脸看上去显得苍白、发青，饭菜也变颜色了。推荐使用混合光源，就是低色温灯和高色温灯结合使用，其效果接近日光，而且光源发射点不单调。

精彩点评

左上图：餐厅整体采用了较为规矩的几何装饰，无论是吊顶、地面铺砖，还是作为背景墙的镜面装饰，再搭配上大理石材质的餐桌，华丽的视觉效果下蕴含的是生活的井然有序。

左下图：金属餐桌椅不仅时尚现代，而且其特有的光泽还能表现出非常精致的视觉效果，就连墙壁上的画框也采用相同的材料，以获得更为协调的整体感。

餐厅空调位置有讲究

空调使用了一段时间后，难免会堆积灰尘，所以若餐厅里的空调直吹餐桌，是很有可能让灰尘伴随着风而掉落在热腾腾的食物里的，当然也更容易让桌上美味的餐点凉掉，所以餐厅里的空调最好不要设在餐桌的上方或附近。

射灯不宜"射"到人

　　家装的射灯多是"射"向主人的展示品，但到了餐厅，就变成了射人，一入席，头顶上顶着一盏明晃晃的射灯，犹如成了一件展示品，餐厅里的人也容易产生眩晕的感觉。有的餐厅选择把射灯射向桌面，认为在灯光下，菜肴更显精致，要是一两盏射灯尚可接受，切忌射灯太多，把餐桌面弄得耀目刺眼，影响食欲。

Tips

吊灯高度有讲究

　　低层高的餐厅不宜装大型吊灯，吊灯过大或太低都会造成灯压桌的情形。从科学角度上来说，吊灯太高会令人感到耀目，太低则会撞到头，或让人产生被压的感觉。因此，吊灯安装不宜太高或太低。距离桌面大约70cm为宜。

家居吊顶宜平整

有的房子建造时留下硬伤，顶面呈现少许的倾斜状。传统文化认为，这种倾斜的顶面容易让居住者产生精神压抑，需要通过后期装修让顶面平整。同样，吊顶设计也应尽量避免选择凹凸不平或者带有尖角的造型。

Tips

适合家居的吊顶

　　在设计家居中的吊顶前，可先切身感受一下装修之后的空间高度，感觉不错才能采用。另外，一些公共场合中奢华复杂的吊顶设计并不适合普通的家庭住宅，一般住宅最好选用造型简单的吊顶，以免带来以后清理的麻烦。

精 彩 点 评

左下图：餐厅的餐桌椅最好不要太过花哨，尤其是目前较多的开放式空间，要么采用对比平衡手法，要么采用与整体协调统一。太过花哨的餐桌椅会转移人们对食物的注意力，从而影响食欲。此外，一套过于耀眼的餐桌椅，也会在感官上压过客厅的空间地位，从而影响到整个家居格局的正常秩序。

亮色吊顶要慎用

吊顶最好不要使用太多亮丽的颜色，会使人眼睛负担过重，而且容易让人心情烦躁，所以，亮色可作为搭配局部使用，而不适宜作为主题色调。此外，如果采用两种以上的材料装修吊顶，房间的净高最好在2.8m以上，否则容易使空间显得压抑。

Tips

曼妙音乐促进消化

在隐蔽的餐厅角落，最好能安放一只音箱，就餐时，适时播放一首轻柔美妙的背景乐曲，在医学上认为可促进人体内消化酶的分泌，促进胃的蠕动，有利于食物消化。

Tips

挂画让餐厅更舒适

　　餐厅墙面若挂置一幅花卉或水果图画，并运用射灯的光投射，可让人产生满足感；如果挂置盛开花朵的图画或摆设鲜花，在用餐时点燃餐桌蜡烛，则让人有舒适、温馨的感觉。

轻松打造健康餐厅

　　餐厅是一家人聚合的地方，不妨放置一些盆栽，不但能增进食欲，还可以营造和谐的视觉氛围。不妨选择低矮的植物种类，这样不会妨碍就餐人的自由活动，如仙客来、四季海棠、常春藤、绿萝等。

　　另外，大多数餐厅都不具有良好的光照环境，选择植物最好以耐阴的观叶植物或半阴生植物为主。东西向餐厅养文竹、万年青、旱伞；北向餐厅养龟背竹、棕竹、虎尾兰、印度橡皮树等。公务繁忙者可选择生命力较强的植物，如虎尾兰、长春萝、佛肚树、万年青、竹节秋海棠、虎耳草等。

Tips

大餐厅与小餐厅的花草布置

　　空间较大的餐厅可在墙边或者窗边装饰1~2株巴西铁、鸭脚木、棕竹、橡皮树等中型观叶植物或色彩缤纷的中型观花植物。空间较小的餐厅，主要以小型的绿植、花卉为主，起到装饰点缀的作用。

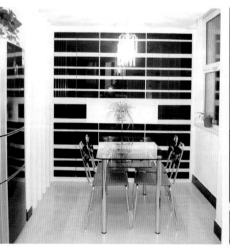

Tips

餐桌上的植物装饰不宜繁杂

　　餐桌上可摆放富贵竹、袖珍椰子等小型观叶植物或者一瓶应时插花，或一小盆非洲紫罗兰、花叶芋、报春花等体态轻盈小巧的盆花。装饰植物的高度以不超过30cm为宜，为增加花饰的新鲜感可按照不同季节更替餐桌中央的花卉品种，所选花卉尽量避免带有浓烈香气，更不能带有特殊异味，以免影响食欲。

精 彩 点 评

　　左上图：对于营造较为融洽的家庭聚餐氛围来说，独立式餐厅采用圆形餐桌是比较合适的，可以很好地形成围合效果，拉近就餐者之间的距离。

　　右上图：奢华大气的家居中，餐厅被设置在稍高的平台上，以此来作为与客厅的区分，方圆相间的空间形式象征着生活的稳重与家人的亲密。值得注意的是，即使是面积较大的餐厅也不要堆砌过多的家具，这样不仅会影响空间的流畅性，而且不利于日常的清洁，从而影响用餐环境的健康。